U0579632

古风新韵

温金童 著

沈阳出版发行集团
沈阳出版社

图书在版编目（CIP）数据

古风新韵 / 温金童著. -- 沈阳：沈阳出版社，2023.11

ISBN 978-7-5716-3659-3

Ⅰ.①古… Ⅱ.①温… Ⅲ.①诗集－中国－当代 Ⅳ.①I227

中国国家版本馆CIP数据核字(2023)第197625号

出版发行：沈阳出版发行集团 ｜ 沈阳出版社
　　　　　（地址：沈阳市沈河区南翰林路 10 号　邮编：110011）
网　　址：http://www.sycbs.com
印　　刷：三河市华晨印务有限公司
幅面尺寸：145mm×210mm
印　　张：3.75
字　　数：67 千字
出版时间：2023 年 11 月第 1 版
印刷时间：2024 年 1 月第 1 次印刷
责任编辑：赵秀霞　周　阳
封面设计：优盛文化
版式设计：优盛文化
责任校对：张　磊
责任监印：杨　旭

书　　号：ISBN 978-7-5716-3659-3
定　　价：68.00 元

联系电话：024-24112447　62564911
E－mail：sy24112447@163.com

本书若有印装质量问题，影响阅读，请与出版社联系调换。

序

　　应学生温金童邀约，为其小书《古风新韵》作序。看罢全书，总体上说，每首诗都是出于真情实感，诗的韵味很浓厚，且题材多样，都是眼中景，身边事，情动于中而发于言，而且传递出满满的正能量。

　　古云"诗言志，歌永言"，进一步引申意即"在心为志，发言为诗"。诗是思想情感的表达，歌则是挖掘、引申、拓展这种深藏在灵魂深处的思想情感。这种思想情感隐藏在作者内心时唤作情志，把这种深蕴内心的思想情感用鲜明生动的艺术化语言、遵守一定的平仄韵律，形象逼真地表达出来就是诗。诗歌创作的本质就是通过一系列特殊的文法修辞来抒发个人的情感，原因也恰恰就在这里。诗者，持也，持人情性，持之为训，有符焉尔。据此，诗歌的含义一目了然，"诗"的含义是扶持，尤其是用来陶冶人的性情的。子曰："诗三百，一言以蔽之，曰：'思无邪。'"意即《诗经》三百篇的内容，用一句话来概括，就是泱泱三百篇古诗"没有包含任何负能量的不正当思想"。

　　清新怡人、简洁明快的《古风新韵》，大致分以下内容：

第一类是写景（山水之间）：小桥流水潺潺、大漠孤烟袅袅，发自内心地讴歌壮美山河、自然风光。读《古风新韵》，方知山的巍峨千变万化，水的浩渺绰约多姿。可以感受山川秀美长河奔流，欣赏高原晓月大漠风光，深刻领略"风吹草低见牛羊"的豪迈。古人强调作诗当"雅润为本，清丽居宗，华实异用，唯才所安"。诗歌评论亦有定法，务求"得其雅、含其润、凝其清、振其丽"，盖因"诗有恒裁，思无定位，随性适分，鲜能通圆"。若妙识所难，其易也将至；忽以为易，其难也方来。诗家从自身创作经验得出共识："文章本天成，妙手偶得之。"那首托物言志的即兴之作《春雪》当可为此类之代表："年前旧事羁江淮，围炉夜话疏梅开。隆冬（陇东）欠我一场雪，春遣玉兔还回来。"事无巨细或殊，人间情理同致。俱为民生而志，仁者咏歌所含。俪采百字之偶，争价一句之奇，情必极貌以写物，辞必穷力而追新，此近世之所竞也。《古风新韵》盛赏赞左宗棠："海防疆防辩上下，杨柳已绿三千里。运筹帷幄中军帐，魑魅魍魉尽披靡。"正如按语中所云，左宗棠公忠勇无敌于天下，三千里杨柳绿满戈壁滩，确保华夏一统山河之完整。其煌煌神功，绝非曾李张之辈可相提并论也。对左公推崇之情，与"尔曹身与名俱灭，不废江河万古流"有异曲同工之妙。

"文采入心，触景生情。"人禀七情，应物斯感，感物吟志，莫非自然。仿佛信手拈来，又巧夺天工。

　　第二类是抒情（情深似海）：咏高山流水知音少，叹友情如歌去无多，诉亲情血浓于水，提醒众生惜取眼前人。《邪径》童谣，近在成世。古诗佳丽，雅有新声。慷慨以任气，磊落以使才；造怀指事，不求纤密之巧，驱辞逐貌，唯取昭晰之能。正始明道，诗杂仙心。金童为人光明磊落朴实无华，一直有着悲天悯人的文人情怀。《古风新韵》时时帮助读者重温"感时花溅泪，恨别鸟惊心"的别样愁绪。大禹成功，九序惟歌；太康败德，五子咸怨：顺美匡恶，其来久矣。人生得一知己足矣。金童写友人其实也充分渗透着这类"顺美"情怀，诸如文中与赵华博士相关的诗句，反映的即是人类真性情的自然流露。这些从金童和赵华两人的日常交流中可见一斑："孝亦是人之本能，正如'羊羔跪乳，乌鸦反哺'。和老小孩般的父母在一起，父母是我们在人生路上黑暗彷徨时的明灯，是我们寒冷孤寂时的太阳。"均是此类情感的真诚流露。"对自己下狠手，高中就下过，剪个郭富城式的小仔头，比男孩还像男孩，那时大哥的男装都给我穿……尴尬的是，有次进女卫生间，差点儿被轰出来。""那还不简单！咱直接进男卫生间，让一帮大老爷们儿无处可去。"其实很多细节不用记得那么精细，记得开心就好。今天有着迟暮的霞光，正如晚来的你皆是笑意。所有的不开心，过了就翻篇……心里就会只剩下快乐、平静和充实。人间自有真情在。看到友人诗歌中的蓝，蓦然想到古人写诗很少用"蓝"字。为什么呢，因为"冰水为之而寒于水，青出于蓝而胜于蓝"。于是乎，古人写蓝天就变成这个样子："晴空一鹤排云上，便引诗情到碧霄。""俱怀逸兴壮思飞，欲上青天揽明月。""明月几时有？把酒问青天……"似乎唯有"沧海月明珠有泪，蓝田日暖玉生烟"中有"蓝"字，但是却与颜色毫不相干。从以上示例不难发现，古人论诗，习惯于用"青"代"蓝"。人具有各种各样的情感，受了外物的刺激，便产生一定的感应。心有所感，而发为吟咏，这是很自然的。

第三类叙事（杂记）：直观描述了作者在新冠疫情期间的所思所感。"黑云压城城欲摧，甲光向日金鳞开。"然只要初心如磐，信念似铁，定可守得云开见月明。持续两三年的新冠疫情给广大人民的生命和财产安全带来巨大损失，一大批党务工作者、医务工作者和各行各业的普通劳动者，激流勇进迎难而上，为了国家和人民利益废寝忘食通宵达旦，充分彰显了"岁寒，然后知松柏之后凋也"的高风亮节的奉献精神。此正所谓"匹夫庶妇，讴吟土风；诗官采言，乐盲被律；志感丝篁，气变金石"。

以上是就《古风新韵》的内容和情感说的。就诗的形式说，《古风新韵》多为七言四句或七言八句，乍一看似乎属于旧体的七绝和七律范畴，但大多数并不严格地符合格律诗的要求。少数诗篇韵脚是平声与仄声互押，这在散曲中是可以的，但格律诗绝不行，因为格律诗的平仄很严格，一句之内平仄交替，一联之中平仄相对，上联对句与下联出句平仄相粘。七律中间的颔联与颈联一般都要对仗，所以律诗普遍比绝句难写。当然，现代人写旧体诗也可以不再受格律的束缚，不过在押韵、辞藻、文采以及对偶、双声叠韵和运用典故还是必须讲究的。《古风新韵》形式为"古风"，格律平仄为"新韵"。其主旨在于抒情言志，没有拘泥于格律声韵，故一些短章未必尽符合格律平仄要求，盖因不愿为追求合律而损害诗意词意，只能尽量使之更接近格律之一般要求。

"文章千古事，得失寸心知。"一切让读者去评价。春回大地，万物复苏，盼金童诗情画意同春归来，奉献更多佳作。

陶 易

癸卯春于月亮岛五柳居

序

目录

景（山水之间）

情（情深似海）

顺美匡恶，咏高山流水知音少，叹友情如歌去无多，
诉亲情血浓于水，提醒众生惜取眼前人。

与妻书

湖蓝草绿雪映红，
千针万线入眼中。
意恐新燕催春早，
寒夜挑灯密密缝。

（按：爱妻梅雪洁，性情贤淑，心灵手巧。工作之余素喜飞针女红，织就这许多小小的毛衣，看起来五彩斑斓，让人赏心悦目，爱不释手。）

石生花

——致石菁老师

岁月悠悠爱晴柔，

袅袅婷婷出甘州。

婀娜多姿长歌舞，

始信人比黄花瘦。

（按：石菁，甘肃张掖人，甘肃农业大学农学院老师，业余爱好为舞蹈。）

赠雷雅涵

我在嘉兴看红船，
雅涵闪耀井冈山。
口若悬河说往事，
舌绽莲花颂今贤。
葱葱翠竹掩不住，
艳艳杜鹃遮望眼。
革命精神传万代，
青出于蓝胜于蓝。

（按：雷雅涵，甘肃省宁县人，系陇东学院马克思主义学院教师，甘肃省思想政治理论课温金童名师工作室成员。）

题　名

（按：赵华，除了昵称"麻花儿"之外，还有四个她尚不知道的雅号，容我一一道来，并请赵博士赐教。）

一　掌中宝

玲珑剔透女娇娘，
袅袅婷婷出三湘。
一笑倾城胜闭月
蹁跹掌上压回疆。

（按：赵华，女，博士、副教授，甘肃农业大学马克思学院硕士生导师，喜飞针女红，尊老爱幼，上得厅堂，下得厨房。）

二　寸草心

赵四小姐品貌佳，
顶上功夫练到家。
心无旁骛吞云手，
且将寸心付爸妈。

三　千手观音

纤笔绘出五彩画，
教鞭脆响策名马。
剪刀辟开新天地，
丝绦织就性情花。

四 飞红巾

飞针女红能绣花，
巾帼英雄人人夸。
月宫冷艳真仙子，
也逐三藏夺芳华。

涅　槃

——赞赵华

久困厨房与闺房，
只为厅堂有高堂。
最怜麻花田园志，
散发弄舟之何方？

（按：赵华博士本亦是寄情田园、流连山水之雅士，然有幸家中双亲俱在，均已老迈年高，需要府中老幺时时刻刻侍奉左右，殷勤端茶、倒水、喂药、陪伴……所谓"父母在，不远游"是也。且又值"神兽"面临高考雄关，必须全方位做好各方面的保障工作，故暂时无法远行以清心怡情。）

四姑娘之二

赵四小姐绣花红，
烹炸牛羊胜庖丁。
锅碗瓢盆乱响处，
田园小鲜慰亲朋。
燕语莺声群儒颤，
举重若轻乾坤定。
潇湘馆里细妹子，
金成州下大元戎。

酬知音

麻花教我识清明，
伴君如同伴虎行。
欲了圣王天下事，
孰意心碎风波亭。
虚与委蛇心俱疲，
跳出红尘一身轻。
回首经年群芳尽，
始信华仔胜乃兄。

吾　友

——谢赵博

之一

去年今日此门中，
初识麻花若惊鸿。
湖湘自古多才俊，
血沃祁连绿渐浓。

之二

一年一度一高评，
几家夫君几家卿。
剪断红尘千古怨，
不向流水诉苦情。

归 去

——向古典致敬

甘州北地阻关山，
七彩丹霞萦梦间。
百里泽国漫戈壁，
一袭白衣归田园。
质朴典雅麻花瓣，
摇曳古今几千年。
人间极品瓷娃娃，
绿影婆娑映红颜。

静夜思

马蹄声碎三套车，
氤氲缭绕八宝茶。
凉州黄河东流去，
也逐桃花忆韶华。

（按：想当年，左宗棠西征途经凉州，直走得人困马乏，便品尝了凉州卤肉、祁连山茶，配上当地的面食，顿觉精神倍增。左宗棠有云："此乃我军'三套车'也，缺一不可。"打那以后，"三套车"便享誉河西，现如今已经成为集武威饮食文化和营养科学于一体的餐饮时尚。）

忆湘女

半碟蔬果半边禅，
半为听道半敬仙。
但闻笙歌唱响处，
八千湘女上天山。

有　感

月稀星朗

云之一端

偶遇诗园

一瞥惊鸿

高原晓月依然清辉高洁

雨中孤犬怀揣双飞心愿

柴米油盐绽放妙笔芳华

似是人间又光彩别样

诗人悠坐，弹指一挥

尘世归寂，难掩吞凤之才

气自华

——题博士照

九曲黄河湾连湾，
金城环绕山套山。
玄衣罩体风拂柳，
玉叶护身月光寒。
长发及腰惜年少，
目似流星眉如蚕。
胸罗锦绣谢芳华，
腹有诗书破万卷。

（按：图为赵华博士清爽照。）

致赵君

北地陇中隔六盘，
洮河款曲通马莲。
书如大泽走龙蛇，
画似彩凤舞岐山。
风风火火及时雨，
冷冷清清能入禅，
善意不绝长流水，
圣心比肩君子兰。

（按：赵法宏，中国书法家协会会员，甘肃省书法家协会评估鉴定委员会委员，庆阳市书法家协会副主席。法宏君天资聪颖、爱憎分明、光明磊落、豪爽大气，凡是认识他的朋友，莫不引为高山流水。）

致赵君

题陇西

黄土高原黄土沟，
千年药乡钟神秀。
小荷才露尖尖角，
无限风光在后头。

（按：陇西县地处甘肃省东南部，资源丰富，素有"西北药都""千年药乡"之称，其中党参、当归、红芪、黄芪量大质优，驰名中外，是"中国黄芪之乡"。党的好政策促使乡村振兴成为可能，陇西学子何转霞，兰心蕙质，伶伶俐俐，立志攻书，旦夕苦读，要让家乡旧貌换新颜，地方振兴必大有可为。）

赞大一志愿者

谁家有女花枝俏?
不从弄玉学吹箫。
值守七点到十点,
风露为伴立中宵。

(按:新冠疫情防控之下,校园内最辛苦的除了紧张忙碌的白衣天使们,就要数这些口罩护面、志愿服加身的青春年华的大学生志愿者了。)

贺手足

故乡风景四时新，
徽韵江淮抖佳音。
云开雾散瞳瞳日，
寒影犹胜北国春。

（按：告别长围久困，回归温馨小家，一觉睡到自然醒，
顿觉神清气爽，心情大好。赖在床上尚未爬起来，忽然接到弟
弟喜讯：今年一路过关斩将，职称评审顺利通过，已经进入公
示阶段。真的太让人高兴了！毕竟在这段新冠疫情猖獗的日子
里，好消息实在是太少太少了……）

时代巾帼

——致何婷婷

漫云女子不英雄，
枕戈待旦斗顽凶。
七月流火三伏尽，
朔方入秋五更冷。
面壁十年图破壁，
岁月无常意难平。
群众利益无小事，
人面桃花笑春风。

我眼中的社区书记
学院路社区党支部书记何婷婷

（按：学院路社区为党支部书记何婷婷拍了一个小视频宣传片，众口一词，赞赏有加。我观后心潮起伏，不能自已，遂题古律一首，以和之。何婷婷，女，汉族，毕业于陕西师范大学，中共党员，2013年4月参加工作，2013年4月至2020年6月任职南街街道办事处南苑路社区干部，2020年6月至8月任职介子路社区干部，2020年8月至2021年1月任职学院路街道办事处公共服务办公室干部，2021年1月至今，担任学院路社区党支部书记，认真履行党建第一责任人的职责，牵头抓总作表率，带领支部党员开拓创新、扎实工作，提升了党建工作水平，开展共驻共建活动20场次。新冠疫情以来，创新推出来峰返峰报备平台，让辖区居民足不出户便能将信息第一时间传至社区，大大减少了人力物力。又在此基础上先后推出"有事就找我"民意征集小助手，通过五级网格微信群、小程序广泛宣传，收集群众意见建议，让"我为群众办实事"实践活动落地生根见实效。）

致敬真善美

雨色苍茫碧云天，
秋意缠绵入夜寒。
人在"囧"途怜红粉，
九章不尽十日谈。

致黄蓉

桃花岛上桃花红，
袅袅婷婷俏芙蓉。
天资聪颖人称道，
玲珑剔透仙子惊。
纤纤玉手胜织女，
翩翩风姿动汉宫。
书香门第真闺秀，
知书达礼笑倾城。

（按：陇东学院文学与历史学院青年教师黄蓉，伶伶俐俐，小巧玲珑，不但极为敬业，课上得好，深受学生爱戴，对院系工作一样踏踏实实、兢兢业业，教学科研两手抓，两手都很硬，而且诸如驾车、带娃、烹调、飞针女红等等亦样样精通，简直无所不知，无所不能。）

赠李君

雁去衡阳别中卫，
庆阳困中纸亦贵。
顾盼白衣心意转，
我见犹怜李亚会。

（按：李亚会女士，甘肃姑娘，湖湘媳妇，为了生计离开深爱的老公和乖巧的女儿，只身一人东奔西走，含辛茹苦，穿梭在滚滚红尘间，踏烂鞋帮子，磨破嘴皮子。活脱脱一枚"女汉子"也……）

题医师节（一）

医师节日不寻常，
载歌载舞费思量。
送子观音何所似？
众星捧月范颖芳。

（按：中国医师节到来，妇产科主任范颖芳（左三）和她
的战友们每日往返于城乡之间，为千家万户送去良久的希冀，
端的大爱无疆……）

题医师节（二）

疫霾重重锁陇上，
白衣战士多辛忙。
或云颖芳怎么样？
高跷拇指棒棒棒！

（按：中国第五个医师节期间，范颖芳主任（右四）扶贫到基层，与乡村医疗工作者一起，与新冠疫情做艰苦的斗争，忙中偷闲，喜迎自己的节日。）

劝 学

舞动陇原称妖娆，
津门镀金本领高。
冰雪聪明郭吉凤，
岂惧人间无芳草。

（按：由学校派出到天津师范大学交流学习的学生郭吉凤，能歌善舞，勤奋向学。偶遇感情挫折，交流谈心后，赋诗赠之，鼓励其奋发有为，积极向上，深悟"你若盛开，蝴蝶自来"之要义。）

彩霞飞

——贺赵彩霞

天池之滨飞彩霞，
吃苦耐劳人人夸。
漫云江南风光好，
怎比塞北励志花？

（按：甘肃环县天池乡女子赵彩霞，十四岁即外出打工补
贴家用，十八岁就读陇东学院，假期赴苏州勤工俭学。石河子
大学硕士毕业后，入职青海大学，屡有斩获。如今历经坎坷、
呕心沥血，终考取中国地质大学博士。甚慰！甚慰！）

高原之夏

天高草原云飞骤，
地大博士海南秀。
无限风光映彩霞，
才见人比黄花瘦。

（按：中国地质大学博士赵彩霞，忙里偷闲，徜徉于青
海省海南州，一片山花烂漫，让人心旷神怡，诠释"人比黄
花瘦"。）

惊　神

——听查晖芳讲党史有感

青藏高原不平凡，
天路逶迤云水间。
逢山开道汗如雨，
遇水架桥湿青衫。
天翻地覆镇群魔，
斗转星移惊八仙。
难忘百千英雄汉，
因有神女颂连环。

（按：查晖芳，女，兰州大学在读博士，青海师范大学马克思主义学院老师，多次在全省思政课比赛、西北五省区教师评优赛中斩获大奖。图为查晖芳博士讲述青藏高原的激情岁月。）

独　秀

宅居不出怨人海，
神游天涯任徘徊。
伤春江南芳菲尽，
陇原桃花正盛开。

（按：陶圆圆，2021 年以 397 分考取硕士研究生。五一小
长假，同学们结伴出游之际，她回到家乡太白小镇——刘志丹
打响西北武装反抗国民党反动统治第一枪的地方，在农田里挥
汗如雨，以实际行动践行劳动教育的真谛。）

应小儿约

子夜枪声震南昌，
一片赤心永向党。
刀光剑影浑不怕，
血雨腥风亦寻常。
驱逐倭寇十四年，
光复中华功业长。
冷眼向洋看世界，
何惧呓语几夜郎。

景（山水之间）

小桥流水潺潺、大漠孤烟袅袅，发自内心地讴歌壮美
山河、自然风光。

春 雪（外一章）

年前旧事羁江淮，
围炉夜话疏梅开。
隆冬欠我一场雪，
春遣玉兔还回来。

（按：年前流连于江淮河汉之间，未及赶上陇东初雪。原以为要在平淡无奇中度过一个寡雪之年，不承想金城小白兔如此一往情深，早早地就把稀罕的春雪送还于我。）

题干部学院

布谷伤春声声慢，
火鸡水鸟对翩跹。
最是书香能致远，
入眼一池梅雨潭。

赞镇朔楼

孤悬西北镇朔楼，
栉风沐雨佑庆州。
山水相望周祖陵，
更有善人王维舟。
北地步入新时代，
青兰高速绕城头。
凤城盛装替旧貌，
无限风光眼底收。

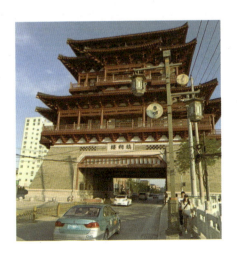

　　（按：王维舟（1887年—1970年），原名王天桢，四川省达州市宣汉县清溪人。川东游击队、中国工农红军、八路军、中国人民解放军高级指挥员。抗战时期任一二九师三八五旅副旅长、旅长兼政委，担任保卫陕甘宁边区的任务。）

夜宿凤城

万紫千红落缤纷，
风雨无常催断魂。
一曲胡筛动华夏，
万家灯火满城春。

雨中晴

大美庆阳有四季，
小镇凤城两重天。
闻道子午风光好，
唯见夕阳山外山。

（按：这几天颇不宁静，西峰暴雨，环县飞雪，庆城则是
一片艳阳天。夕阳西下，彩虹如练，子午岭别有洞天。）

徽 韵

最是人生痴绝处，
轻车引梦到徽州。
郁郁葱葱竹叶翠，
缠缠绵绵乱云愁。
怪石清溪满山涧，
小村景色看不够。
惊艳一瞥梅雨潭，
观水休去九寨沟。

（按：皖南山区景色秀美，水光潋滟，随处可见茂林修竹，
溪流潺潺。一湾清池，惊艳的绿直逼梅雨潭。既如此，观水何
必劳师远征九寨沟呢？）

徽
韵

边塞风光

山势雄奇云飞扬，
晨光潋滟波荡漾。
长空寒水皆一色，
寂寞沙洲染胡杨。
无须人夸风光好，
青青草原缀白羊。
边塞风情道不尽，
至今犹忆陈子昂。

（按：西部风光多姿多彩，格外惊艳，湖水长天共享蔚蓝，
无边的草原，安详的群羊，让人心旷神怡，神清气爽。）

远　眺

红透东南故人多，
霜叶荻花伴笙歌。
一江山岛入眼底，
两片渔舟逐逝波。

（按：偶见云霞出海曙之壮阔画面，有感于烟波浩渺、芦
花瑟瑟，两只轻舟随波逐流，思乡之情油然而生矣。）

校园的早晨

晨曦如火罩重楼，
晓月蛰伏云里头。
学子当学凌云志，
诗和远方傲王侯。

（按：初冬的早晨，校园里一片静寂，无人高声语，不闻鸟鸣声。朝阳似一团燃烧的火，蒸腾在楼群上空。娇羞的晓月不知什么时候悄悄躲到密云后面，注视着这清明的世界，若有所思。勤奋的莘莘学子，或独上高楼奋笔疾书，或徘徊林中默默背诵。功夫不负有心人，希望他们都有一个美好的前程。）

月 季

朔风劲吹冷中飒，
落木滚滚百花杀。
蔚蓝如练缠玉带，
枯枝似臂向天涯。
天高云淡清气爽，
雁鸣几声尽南下。
群芳争艳俱往矣，
一枝独秀看小花。

（按：秋高气爽，蔚蓝的天空点缀着几缕若有若无的白云，大型喷气式飞机拉出一条长长的白练，横贯苍穹。漫步日日走过的校园，就在办公室拐角处，忽然瞥见一枝不曾注意过的月季花，兀自比肩高楼，直插云霄。）

月 影

刚刚巧路过您的窗外，

冬日剪影一如夏天般可爱。

细思量您的雅致我的粗野，

勇敢的心只宜融入大海。

有情人常苦吟朝朝暮暮，

归田园会陶令君方释怀。

浑不知今宵酒醒何处？

陌上花开处月影照青苔。

（按：友人厌倦了熙熙攘攘的市井生活，看淡了晋职晋级以及刀光剑影的江湖。深觉谋生之路上唱该唱好的戏，热热闹闹而不失认真地唱罢，你唱罢他登场，永远不缺演员。唱完就飘然而出回归自然，才不失自我。于是乎只想顺从初心，远离尘嚣，不在意"种豆南山下，草盛豆苗稀"，干点力所能及却让人赏心悦目的快事。）

秋 月

日出东南破残红，
雪落西北寂无声。
水乡不觉春来早，
高原晓月独照明。

（按：清晨漫步校园，东方欲晓，东南一片火烧云。蓦然
抬头，忽见半边残月高高地悬挂在头上，在蔚蓝色的背景下，
显得格外清晰。几缕薄纱似的白云若有若无地飘浮在空中，与
一片枯枝、残叶构成一幅和谐美妙的图画。）

秋
月

雨　霁

柳映小桥冷雨后，
落叶告白在深秋。
鳏居纸犬空悲鸣，
双飞单车看不够。

（按：学生拍的两张校园图景——凄风苦雨中瑟瑟发抖的
流浪狗，云开雨霁后的落叶、小桥、共享单车。封闭的校园里，
纸犬犹有女学生牵着招摇过市，可怜的流浪狗将何以自处？卿
卿我我的恋人又会走向何方？慢慢地想去吧。）

曲径黄花

一花独放不是春，
秋风秋雨愁煞人。
曲径通幽红湿处，
别有洞天写传神。

（按：北风呼啸、秋雨连绵、雾霾满天，已经持续了好多日。晨起漫步校园，忽然瞥见一朵小小的菊花儿，竟然独自在凄风苦雨中肆无忌惮地怒放。）

傲 霜

落叶无声谢鸣蝉，
一场秋雨一场寒。
明朝化身南飞雁，
只向天涯诉冷暖。

（按：无边落木萧萧下，几枝黄花秀出来。笔者真正地感
受到什么叫秋风扫落叶一般冷酷无情，南国秋色斑斓时节，香
山叶正红，唯黄土高原的秋风劲吹，吹尽落叶满地。此时此景，
天涯海角应该仍是惊涛拍岸，春色无边，让人好想好想化身南
飞的大雁，告别这湿冷的北地。）

落 叶

两片三片四五片，
六片七片八九片。
零落成尘化泥土，
只等春雷一声唤。

（按：秋风瑟瑟，吹下片片落叶，在木质走廊上飘飘零零。）

在水一方

雾霾重重日无光，
画影叠叠掩长廊。
他年若欲登高处，
今夕不负读书忙。

（按：晨起早餐，大雾弥漫，日月无光，整个校园隐没在若有若无的海市蜃楼之中。晨读的莘莘学子随处可见，让灰蒙蒙的校园不时溢出一缕缕淡淡书香。）

北方的秋天

半池清潭半清晨，
岁月如歌日日新。
北国之秋胜壮锦，
且夕变身画中人。

按：去吃早餐的路上，途经假山喷泉附近，忽然被眼前的一幕惊呆了！挺拔的银杏一树斑斓，一地黄金。尤其圆台上落叶规规矩矩地平铺着，让后面的碧树倍显深绿。晨读的姑娘聚精会神，偶尔抬头望天，若有所思，竟是如此多娇！

听 鸟

林中惊鸟叹物华，
徜徉隔壁疑似家。
无边落木萧萧下，
满城尽带黄金甲。

晨　光

雁飞北地啼无霜，
曙光依旧照西墙。
无惧凶霾千重浪，
绿叶红花倒影长。

校园秋深

风景最恋旧时光，
绿影婆娑柳丝长。
扬眉顾盼云开处，
秋水长天共暖阳。

雨中即景

暑气蒸腾夏日长，
起舞邂逅骤雨狂。
原上风景道不尽，
最是校园读书郎。

（按：校园长亭上孜孜不倦潜心读书的大学生，是一道亮丽的风景线，可谓这边风景独美……）

莲叶何田田

亭亭荷叶下，
游来一群鸭。
快来快来数一数，
三六二五八……

（按：偶见清池中浮萍丛中，一茎荷叶出淤泥而不染，几只可爱的小鸭子游弋期间，不禁哼起久违的儿歌……）

麦积山石窟

暑气腾腾绕麦积，
游人寥寥车马稀。
鬼斧神工千秋事，
文明互鉴称第一。

（按：闻名遐迩的麦积山石窟，山势巍峨，绿野环绕，云蒸霞蔚，气势恢宏。）

一瞥核桃

中原刈麦夏日长，
北地塬上乍春光。
行者误闯蟠桃会，
不知此物更吉祥。

北国之春

北地五月春正稠，
蓝天白云思悠悠。
绿树红花惹望眼，
遥知塬上有高楼。

（按：南国春暮，北方春早，五月的大西北花团锦簇，黄土高原上悄然崛起袖珍大学城……）

黄土高坡

背负青天朝下看，
横掠苍穹鹏翼展。
桃红柳绿皆不见，
入眼一片万仞山。

陇原春

万里无片云，
野望草木深。
孤舟蓑笠翁，
独钓陇原春。

惊 变

冷眼彤云黯长空，
霜一重来雪一重。
昨夜惊艳仙人掌，
一夕竟成白头翁。

秋　思

漫云河西多宝藏，
湿地丹霞好风光。
胡杨尽披黄金甲，
伊人犹在水中央。

商洛山中

秦岭逶迤商洛山，
横断西北与中原。
童心欲访闯王寨，
轻车已过南阳关。

（按：赴上海学习，走过商洛山中。忽然想起姚雪垠长篇小说《李自成》中一章的篇名便是"商洛山中"，描述的是李闯王蛰伏商洛山，卧薪尝胆，励精图治，终于东山再起，呼啸中原的华彩乐章。极想一探儿时心仪已久的闯王寨，奈何行色匆匆，无法成行，颇觉遗憾。）

乌鞘岭

千里追梦出阳关，
黄沙湮没古楼兰。
铁骑掠过乌鞘岭，
绿影撩动祁连山。

乌
鞘
岭

正定荣国府

正定风景日日新，
谁忆红楼贾元春。
重生当年赵子龙，
欣逢盛世亦安心。

校内湖

海南大学藏椰林，
高低参差花木深。
波光倒映五里湖，
湖心岛上孤鹜春。

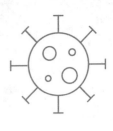
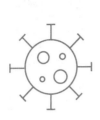

事（杂记）

"黑云压城城欲摧，甲光向日金鳞开。"然只要初心如磐，信念似铁，定可守得云开见月明。

我们的战士

一年一度跨年饭，
行色匆匆为戍边。
关东沃野天藏玉，
河西重镇锁雄关。
刀枪剑戟沉大漠，
油盐酱醋烹小鲜。
龙城飞将今犹在，
文武双全胜前贤。

（按：2023 年元旦前夜的跨年饭，操持锅碗瓢盆的是戍边勇士，新年到来之际，亦是与家人分别之时。普天同庆的第二天，将从陇东高原奔赴大漠边关。这顿年夜饭全部出自英雄之手，推杯换盏之际，别有一番滋味在心头。）

鹰击长空

银鹰展翅正翱翔，
雁阵惊飞三两行。
胡笳笙歌传千里，
游子夙夜思故乡。

（按：一如西北大汉的粗犷豪迈、奔放不羁，西北的天空
更多的时候是一片无边无际的蔚蓝，看银鹰呼啸闪过，扯出长
长的玉带，映衬着直刺苍穹的老树枯枝，风景这边独好。）

送瘟神

瘟君肆虐妇孺惊，
民族瑰宝莫敢轻。
固本培元为正道，
扶正祛邪有易经。
景阳冈上打虎将，
温酒一杯斩华雄。
熟谙唐人千金方，
百毒不侵任我行。

（按：世上没有白走的路，每一段弯路，每一步路，都是为
下一步指明方向。苦难有时候是一笔财富。中医从生活习惯到致
病的原理过程由里及表，系统推进，过程慢但可去根。人之染病，
无非内忧与外患。内忧困于七情，外患为六邪所乘，致表里不一，
阴阳失调，平衡颠倒，再无他也。故一心向善，不怒、不争、不
喜、不嗔，则正气充盈，外邪虽雄而莫能侵也。中国 5000 年的文
明在医学上浓缩成中医，时时处处体现了系统论。）

怀左公

寒鸦隐匿子规啼，
梦随大军过河西。
海防疆防辩上下，
杨柳已绿三千里。
运筹帷幄中军帐，
魑魅魍魉尽披靡。
正报生擒吐谷浑，
惊闻河东狮吼急。

（按：一句"三十年河，东三十年河西"，唤起多少河西记忆。初念及华仔儿艰辛与睿智，更思左宗棠公忠勇无敌于天下，三千里杨柳绿满戈壁滩，确保华夏一统山河之完整。其煌煌神功，绝非曾李张之辈可相提并论也。）

杂感二则

一战两球王

鹰鸡夜半战犹酣，
多少铁粉意难眠。
今夕热吻大力神，
不负十年磨一剑。

日月同辉

艳阳淡月细分辨，
长空如洗穿银练。
疏影疾掠惊望眼，
醉看陇上高原蓝。

（按：昨儿诸事顺遂，迟暮英雄逐梦成功，青年才俊上演帽子戏法，皆大欢喜。尤其开心的是，高评会的结果称心如意，所思即所得。难怪今日的天空如此蔚蓝，无比惊艳。爽！）

解　封

浪涌的时候，风一定来过；
雨浓的季节，云一定哭过；
花开的岁月，树一定老过；
你欢颜的永恒，我一定看过。

（按：解封了，开心不已，心潮澎湃，学新诗偶感，情不
自禁……）

无　题（外一章）

晨钟声声唤早起，
车轮滚滚催别离。
匆匆踏上回乡路，
君问归期未有期。

（按：吃过早餐返回办公室的路上，不断碰到三三两两的学生，拉着笨重的行李箱，涌向体育场西门，等待回乡的班车前来接人。学生们形形色色的大小行李箱十之八九都带着小滑轮，一路上吱吱扭扭的怪叫声不绝于耳，真似车轮滚滚。不知那滚滚的车轮将把这些本该在校园里苦读的莘莘学子带向哪里去？啥时候才能见上自己的爸爸妈妈？）

畅想世界杯

黄土高原红土地，
绿茵英豪添传奇。
人去楼空难自已，
欣逢双雄争高低。
绝境阿梅贴地斩，
圆月弯刀秀神技。
小试牛刀惊天下，
不负东西众球迷。

（按：校园往日喧闹足球场，冷冷清清，一片静寂。学生们纷纷踏上归程，不知几时再回来。望着空荡荡的足球场，蓦然想起阿根廷大战墨西哥的夜场，委实精彩纷呈。已经陷入绝境的潘帕斯雄鹰退无可退，只能殊死一搏。）

寒 鸦

时光流向冬月中，
塞外风景大不同。
回眸寒鸦断魂处，
像雾像雨又像风。
脚下枯叶勤拂扫，
路上生鲜运不停。
唯有牺牲多壮志，
瘟君无情爱有情。

　　（按：校园的早晨，每天都是新的。大雾弥漫，远远近近高高低低，没有上面能分得清楚。一只寒鸦钉在枯枝上，估计一般人拍不到，因为她知道我只会爱她，不会伤害她，所以乖乖地一动不动让我拍个够。旁边几个保洁阿姨一如既往地清扫着落叶，把路面打扫得干干净净。路上保障物资的车子匆匆往返，保证了全体师生要啥有啥，衣食无忧。）

野　望

立冬时节好风景，
远观校园雾蒙蒙。
衰草连天叶满地，
老树昏鸦缠古藤。
红旗飘飘催战鼓，
三届传承十年功。
火树银花照长夜，
塬上又添大学城。

　　（按：根据学校统一安排，早上和学校领导及各部门、各学院负责人去校园北区开展实地考察活动。好长时间没出校门了，乍一下扑进大自然的怀抱，兴奋不已，在衰草连天的原野上流连忘返，差点儿把自己的眼镜搞丢了。）

斑　斓

一地苍黄一树青，
一路孤鸿踯躅行。
少年正伴纸狗吠，
老生不闻黄鹂鸣。
戏说月宫云和雨，
羞得嫦娥亦动情。
万紫千红收藏好，
顾盼春雷第一声。

（按：晨起漫步校园，入眼天高云淡，一地苍黄落叶，几树深绿掩映。封控中的人们个个不易，只见几个学生娃牵着"纸狗"，喧闹而过。自古逢秋悲寂寥，我言秋日胜春朝。目睹眼前五彩斑斓，展望来年无边春色，难免心潮起伏，思绪万千：月宫嫦娥应无恙，须持彩练当空舞。）

致敬真善美

雨色苍茫碧云天，

秋意缠绵入夜寒。

人在"囧"途怜红粉，

九章不尽十日谈。

（按：10月24日下午，校园依旧处在封控之中。独坐办公室看书消遣之时，教务处的孙雨彤敲门进来，喊我4点半参加学校第9次教学工作会议座谈会。晚上，给信息工程学院上完网课结束后正闭目养神，简婷打来电话，说是下午孙雨彤来我办公室时，发现我居然没有床，她们要即刻给我送张床过来。我闻言大为感动。关于床的事情在封控之初已经跟国资处、后勤处的两位好友聊过，因大门紧闭，外人进不来，一时也没有法子。没想到孙雨彤匆匆一瞥发现的问题，简处长处理起来立竿见影，毫不拖泥带水。两位美女，不但"吭哧吭哧"地把床从三楼抬到六楼办公室，大早晨简婷又抱来了厚厚的被褥，叠得整整齐齐，收拾得干干净净！）

迎　亲

寒露凝霜不顾身，
惊闻风雪夜归人。
歌舞青春更尽酒，
谁怜天下父母心。

（按：听闻远方的女儿就要回来了，年过半百的老夫妻
不顾中宵露重天寒，夜半三更踯躅村口，翘首以盼温暖"小
棉袄"……）

国庆不休息

恶战经晌意未央，
已闻晚宴震天响。
虚与委蛇谢黄蓉，
明日生擒万夫长。

（按：国庆节长假，忙于工作无暇休息，黄蓉老师邀约一
起放松，谈笑风生间，所有的疲劳与不快一扫而光……）

书香与花香

葡萄美酒映红妆，
雪域高原传道忙。
别样军嫂催春早，
怎辨书香与花香？

（按：青海师范大学青年思政课老师查晖芳，是一位勤勉的军嫂，虽只有一面之缘，竟成莫逆之交。金庸大侠之本家，亦不乏侠客之风。从中学教师到大学新星，屡屡斩获教学大赛大奖，饱读诗书，能歌善舞，三尺讲台游刃有余，方寸之间闪展腾挪，巾帼不让须眉也。）

漫 步

隐隐瘴气催凉秋，
小桥清溪潺潺流。
岂让浮云遮望眼，
伴君更上一层楼。

（按：新冠疫情笼罩下的校园，没有了平时热热闹闹的气息，很少看到师生员工流动。但只要我们万众一心，就一定能够克服一切困难，重见那片蔚蓝的天。）

抗 疫

雁去衡阳叹秋凉，
日出东南照扶桑。
闭关时光寻常度，
共度时艰仗群芳。

（按：疫情防控期间，诸事艰难，社区何婷婷书记（前排
中）与核酸检测的护士们与我们一起走过……）

白衣战士换红装

秋暮月明寒星稀，
君问归期亦有期。
几家怅望扁舟子，
深情款款慰白衣。

（按：抗疫取得阶段性胜利，辛苦忙碌多日的护士们暂别
战斗了多少个日日夜夜的秋日校园……）

读书偶感

鸣蝉声消秋意浓，
李君雄书垄上行。
纵横捭阖恢宏气，
一抹斜阳半天红。

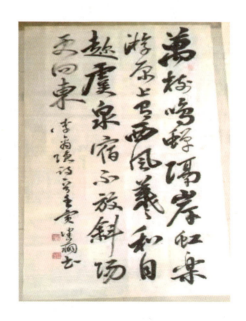

无　题

李杜文章万古传，
赏心悦目桃花潭。
横空出世假作真，
下里巴人皆不见。

咏军嫂

甘州古地不凄凉，
岁月悠悠亦辉煌。
才下讲台上灶台，
暂别学堂向厨房。
赤焰虾尾诱馋涎，
清蒸手抓动饥肠。
戍边无惧铁衣重，
唯有最美大后方。

新四军首战告捷

抗日烽火到江南，
日袭夜扰敌胆寒。
初出茅山第一战，
拖刀斩得小楼兰。

（按：徘徊茅山脚下，徜徉阳澄湖畔，风光秀丽，景色宜人，回想新四军战士神出鬼没，打得鬼子兵闻风丧胆。遂录陈毅元帅诗一首，以缅怀无数抗日英雄。）

缅怀英烈

逐鹿中原若等闲，
千里跃进大别山。
成就不朽将军县，
英名远播鄂豫皖。

（按：走信阳，到六安，掠过闻名遐迩的将军县——金寨县，即已深入大别山区。这便是红四方面军纵横驰骋的鄂豫皖根据地，也是人民解放军战略反攻的尖刀所向，为人民解放事业做出了巨大贡献。）

故　园

母校三十六年前，
人面桃花难相见。
白沙犹依淠河水，
游子归来金不换。

（按：母校为皖西学院，前身为六安师范专科学校，坐落于安徽省六安市裕安区云露桥西月亮岛。）